BIBLIOTHEQUE

CHRÉTIENNE ET MORALE

approuvée

PAR Mgr L'ÉVÊQUE DE LIMOGES

—

4ᵉ SÉRIE.

Tout exemplaire qui ne sera pas revêtu d=
notre griffe sera réputé contrefait et pour-
suivi conformément aux lois.

JEANNE-MARIE

C'était mademoiselle Blangeon, qui raccommodait elle même
qui repassait le linge

JEANNE-MARIE

Jeanne-Marie de Corbion naquit à Saint-Brieuc, le 17 août 1777, d'une famille riche et vertueuse. Dès sa plus tendre enfance, elle fit paraître un caractère qui joignait à des sentiments pleins de noblesse et de grandeur le sentiment si doux de la bonté. A peine sortie du berceau, déjà elle n'avait plus de mère; mais ce beau titre auprès de la petite orpheline fut mérité par une tante, modèle des femmes pieuses, et qui, donnant tous ses soins à cultiver l'esprit et le cœur de sa nièce, lui parlant plus souvent encore par ses actions que par ses leçons, répara la perte de celle à qui Jeanne-Marie devait le jour. La vie entière de l'élève prouva l'excellence de l'éducation qu'elle avait reçue. Jamais elle n'oublia, dans la suite, ni les beaux exemples, ni les sages avis de sa seconde mère ; mais d'abord elle profita -peu des moyens d'instruction qui lui étaient prodigués, comptant trop sur les ressources d'un esprit naturel et des dispositions rares. On peut avancer qu'elle se forma pour ainsi dire elle-même : peut-être l'auteur de ses jours et la respectable tante mirent-ils de la faiblesse et n'eurent-ils pas le courage de la contraindre. Il est vrai qu'on lui connut bientôt de si aimables et de si pures inclnations, qu'on n'eut besoin que de seconder la nature. Aussi, disait-elle dans la suite, j'ai occasioné bien des dépenses inutiles ; mais aujourd'hui je ne regrette que celles dont j'avais le mieux profité. » Elle entendait, par cet aveu, tout ce qui avait contribué à la former au goût du monde.

Aussitôt qu'elle eut acquis l'usage de la raison, elle donna des marques frappantes de sensibilité ; elle la poussait au point de fondre en larmes lorsqu'on exposait, devant elle l'étatd'un indigent, l'Histoire en fat-elle fabuleuse, comme le sont tant de récits qu'on fait au premier âge de la vie.

Elle était à peine parvenue à sa douzième année, lorsqu'un soir elle rencontra près de sa maison un enfant qui ne savait où se réfugier, et qui périssait de besoin : quelle rencontre pour un cœur ouvert déjà tout entier à la charité ! Elle se hâta de concerter avec ses frères et sœurs, rivaux de son penchant chéri, sur les moyens de nourrir le petit étranger : tout se passa dans le plus grand secret ; il fut couché, sa faim fut apaisée, sans que les chefs de la famille fussent instruits de l'introduction du jeune hôte. Le même acte se répéta pour d'autres, et chaque fois avec la même discrétion. Cette conduite innocente ayant été enfin découverte, on fit une vive reprimande aux indiscrets hospitaliers ; on leur représenta les suites, le danger d'exposer à commettre un vol de nuit des êtres inconnus et peut-être méchants ; malgré cette sage observation, Jeanne-Marie se laissait entraîner à procurer un asile et du pain au pauvre abandonné sur la grande route. Dans la suite elle adopta, jusqu'à sa mort, une famille indigente, qu'elle logeait, et même qu'elle nourrissait souvent. Un jour qu'accompagnée d'autres enfants, elle prenait le plaisir de la promenade sous les yeux de sa gouvernante, elle aperçut une jeune fille qui, gardant les troupeaux, n'avait pas de fichu, elle retarde sa marche, tire à l'écart la villageoise et lui don-

ne son propre mouchoir. Un autre jour,
la pieuse enfant avait réservé une paire de
souliers , qu'elle ne portait plus , pour un
petit pauvre ; en les lui présentant, elle
s'aperçut que la première semelle était
usée : à l'instant elle se déchausse et don-
ne un de ses souliers neufs. Le jeune
apôtre de l'humanité parlait sans cesse du
plaisir que l'on goûte à donner ; aussi al-
lait-elle jusqu'à se priver du nécessaire, et
depuis son berceau, telle a toujours été
sa courageuse habitude. Combien elle
s'estimait heureuse lorsqu'on lui permet-
tait de préparer la part des pauvres et la
leur porter ! elle y mettait des grâces,

faisait son présent d'une manière attenti-
ve et compatissante. Dans la suite, cette
jouissance fut encore mieux sentie; elle
y joignait la mortificatiou et l'humilité :
dans les repas communs, on lui servait
toujours les meilleurs mets ; elle s'en pri-
vait pour les indigents. Lorsqu'elle parta-
gea l'autorité avec ses frères et sœurs, et
qu'alors elle disposait d'une chose qui lui
appartenait, elle continua de demander,
comme un serviteur ferait à son maître,
la permission de porter ce qu'on lui servait
à un malade, ajoutant agréablement qu'elle
trouverait dans le don une grande satisfaction. J'ai parlé de serviteur; eh !

avec quels égards , quelle bonté , quelle bienveillance, quel amour, elle traita toujours ceux qui étaient attachés à sa famille ! Pour elle , ils étaient des amis malheureux.

Pendant plusieurs années, cette jeune demoiselle distribua son temps entre le soin des pauvres et les bienséances que la société lui imposait. A cette époque, elle avait ses moments pour le plaisir : elle y apportait aussi des manières séduisantes, beaucoup d'enjouement et des talents rares, s'il faut donner ce titre aux dispositions pour les jeux et pour la danse ; une voix juste et harmonieuse, un esprit

fin et rempli de sagacité, un air tout gra-
cieux, la répartie vive, une figure riante
et ouverte. Répandant la joie dans toutes
les parties où elle était recherchée, elle
ressentait une inclination secrète à faire
valoir les avantages que la nature lui avait
prodigués ; mais plus elle plaisait au monde, et plus aussi le monde aurait pu lui
plaire, si elle eût eu besoin d'être désen-
chantée de ce faux plaisirs ; bénissons la
Providence qui daigna ménager un évène-
ment propre à rompre la chaîne douce et
aimable qui la tenait attachée au char d'un
siècle trompeur et dangereux. Un jour
qu'elle était à un bal de société, la jeune

mondaine fut effrayée d'un violent coup de tonnerre ; dans son effroi, elle se prosterne et promet à Dieu de ne jamais danser : ce sacrifice lui coûta beaucoup ; mais elle tint sa promesse, et, depuis, elle ne se livra jamais à ce plaisir, malgré les sollicitations les plus vives, et les propositions qu'on lui fit de sommes considérables pour les pauvres, si elle consentait à retourner au bal ; mais tout fut inutile, et son amour pour les malheureux ne put la décider à violer ses résolutions. Entre mille traits qu'on pourrait citer pour prouver son penchant à la bienfaisance, je rapporterai celui-ci : un ami de la fa-

JEANNE-MARIE

OU

L'ORPHELINE DE SAINT-BRIEUC

PAR

M. DE FROUVILLE.

LIMOGES

BARBOU FRÈRES, IMPRIMEURS-LIBRAIRES.

mille lui proposa pour les indigents une somme fort modique, mais à la condition de faire en dehors le tour de la ville vers huit heures du soir, et par une nuit très-obscure ; extrêmement timide, elle balança un moment, puis elle dit : *Pour les pauvres* ; et aussitôt elle part, et, accompagnée de l'ami qui savait parfaitement ne lui faire courir aucun risque, elle fit la route non sans frayeur, et se consolant en disant ces mots : *Vous me donnerez ce que vous m'avez promis.* Elle entra, pâle et défigurée ; mais sa première parole fut : *Tout pour les pauvres !* elle le prononça avec un épanchement de cœur qui monfrait tout l'intérêt qu'elle prenait à leur soulagement. Le plaisir que l'on goûtait à voir les élans de sa charité la soumit à mille épreuves, qui ne purent jamais, relativement à sa promesse à Dieu, lui donner l'apparence de consentir à la violer.

Il est vrai que cette jeune demoiselle était d'une extrême délicatesse de conscience, et cependant elle ne paraissait se scandaliser presque jamais. Innocemment habile à excuser les autres, comme à la manière convenable de les réprimander, elle s'insinuait dans les esprits et dans les cœurs avec tant de succès, que le plus

libertin, loin de s'offenser de ses obser-
vations, l'écoutait avec une satisfaction
sensible : ses avis étaient présentés avec
trop de finesse et d'affection pour qu'on
s'en rebutât. Elle contribua à la conversion de bien des personnes qui auraient
resisté à l'onction d'un zélé missionnaire,
Souvent elle fut appelée près des mou-
rants pour les aider à sanctifier le terme
de la vie. La nuit comme le jour, jamais
elle ne refusait l'occasion d'édifier et de
consoler : ainsi mille fois elle quitta ses
repas pour voler au lit de ses frères expi-
rants.

Une vie aussi sainte devait être réglée

sur un plan propre à ménager les heures;
celle de son lever était toujours la même;
promptement habillée, elle s'appliquait
toujours à l'oraison, et de là, quelle que
fût la rigueur de la saison, bravant les
pluies, la neige ou la glace, elle se rendait à la première messe, passait à l'église
l'espace de deux heures dans un profond
recueillement, et approchait fréquem-
ment des sacrements de Pénitence et
d'Eucharistie; au sortir du saint temple,
elle allait, à jeun, visiter ses pauvres familles, panser les malades, leur faire de
pieuses lectures, balayer leurs tristes réduits, et rendre à tous les offices les plus

répugnants à la nature ; elle n'interrom-
pait ses courses qu'à midi, accordait
tout au plus une demie-heure à un dîner
frugal, et quelque société qui se trouvât
réunie, elle retournait à l'église, et y passait une heure ; ensuite elle se rendait au-
près de ses meilleures amies, et jusqu'à
six à sept heures, s'occupait à les soigner,
à les consoler de leurs infirmités et de
leur misère : alors ces fatigues faisaient
place à une autre ; elle rassemblait sans
distinction tous les enfants riches ou pauvres, du voisinage, et leur disait la prière
dans son appartement. Elle employait le
temps jusqu'à neuf heures , soit à écrire,

à faire des lettres ou des réponses pour obliger des personnes qui ne pouvaient le faire elles-mêmes, soit à dresser des requêtes pour obtenir l'admission d'un malheureux à l'hôpital, soit enfin à pourvoir aux besoins des filles coupables ou exposées, et auxquelles elle voulait procurer un asile dans un couvent, dit les *Dames du refuge*. Elle ne manquait pas, dans ce loisir précieux, de marquer sur un registre ce qu'elle avait reçu, ce qu'elle avait donné dans la journée ; c'était alors aussi qu'en déchirant son linge, elle préparait des bandes ou de la charpie pour soigner les malades. Quelquefois, lorsque la société s'assemblait dans sa famille, elle acceptait, par complaisance, une place à une partie, pour compléter le nombre des joueurs ; mais, dès que l'heure de ses charitables exercices arrivait, il était impossible de l'arrêter ; elle se dégageait par des saillies pleines de sel et d'enjouement. Il n'y avait parmi les conviés personne qui s'offensât de sa brusque mais plaisante retraite, qui l'accusât d'impolitesse ; et ceux-là mêmes qui ne l'avaient pas encore vue admiraient l'innocent artifice avec lequel elle ménageait à la fois et le monde et ses devoirs.

Outre les pauvres répandus dans la

ville, mademoiselle Poulain de Corbion se chargea, avec une intime amie, de soigner les prisonniers qui étaient toujours réunis en grand nombre. Son âme pure fut, dans cette nouvelle mission, abreuvée de mille amertumes par les paroles ou licencieuses ou impies qu'elle y entendait, et par les grossières injures dont on l'accablait : sa timidité même ne put être effrayée par les querelles, les jurements, les emportements des détenus. On ne saurait imaginer tout ce qu'elle eut à souffrir dans ces réduits de l'infortune et du désespoir. Heureusement sa charité triomphait de tant de répugnances. Elle visitait les prisonniers régulièrement trois fois chaque semaine, de neuf heures à midi, faisait le catéchisme aux femmes, leur apprenait leurs prières, s'informait des besoins de tous, écrivait sur des tablettes les commissions dont chacun la chargeait, et qu'elle exécutait avec la plus grande exactitude. Elle établit pour eux spécialement une quête qu'elle répétait tous les mois ; elle se présentait partout, et partout on lui donnait.

Il serait bien difficile d'énumérer au juste la quantité d'argent qui dans le cours d'une année passait par ses mains, ainsi que la valeur des objets qu'on y déposait pour le soulagement des pauvres de la prison, de la ville et de l'hôpital. Il n'était point partie de charité dont elle ne fût membre, et toujours elle se montrait la première à entreprendre et à exécuter. Lorsqu'on fit refluer les prisonniers de guerre dans le département des Côtes-du-Nord, elle s'associa des personnes pieuses et zélées, surtout les filles de la Charité; elle était intimement liée avec ces respectables vierges; au passage de ces infortunés, si nombreux et dans la saison la plus rude, son excellent cœur fit des prodiges qui jetèrent tout le monde dans l'étonnement. La servante de Jésus-

Christ allait panser les captifs, leur donner du charbon, leur faire de la soupe,
distribuer des viandes, du pain, de la
boisson, et du vin aux malades. Tous les
secours dont ces malheureux avaient besoin leur furent ainsi procurés abondam-
ment, et la source où elle puisait avec
tant d'empressement et avec tant de constance est restée pour tous un mystère.
En fort peu de temps elle soulagea plus
de quatre mille malheureux étrangers, et
ses autres bonnes œuvres ne furent ni
interrompues, ni négligées. Quelquefois
elle essuya des rebuts de là part des of-
ficiers et des soldats de la garde; mais

alors même l'aimable enjouement de son caractère, venant à son secours, la faisait réussir dans ses vues bienfaisantes : elle ménageait si parfaitement le temps, que jamais elle n'omit ni ses exercices ordinaires de piété, ni ses visites habituelles chez les malades.

Outre ses dons continuels à ses chers prisonniers, la guerre opiniâtre et longue autant que désastreuse pour notre patrie et pour l'Europe entière, la détermina à pourvoir chaque année la prison de chemises et de vêtements pour les deux sexes. Elle fournissait habituellement de l'ouvrage à tous les détenus qui montraient de la bonne volonté ; elle conçut aussi l'idée d'une fête annuelle qu'elle fixa dans la semaine qui précédait le carême. Huit ou quinze jours avant cet innocent festin, elle en faisait les préparatifs : il n'était personne qu'elle ne mît à contribution : elle intéressait les plus charitables, en leur proposant de les établir les cuisinières et les servantes de son immense famille adoptive. Parcourant les campagnes à pied avec quelques amies courageuses comme elle, bravant les pluies, la glace, elle rapportait de pesantes provisions de ces courses si fatigantes : on était dans un si grand étonnement de voir en elle une

santé délicate, jointe à un zèle magna-
nime, que les dons surpassaient quelquefois les demandes. Il est vrai qu'elle ren-
trait, après ces pénibles excursions, dans
un état désolant pour [ses parents, et af-
fligeant pour toute âme sensible. Si on
plaignait ses souffrances, elle se hâtait de
répondre de l'air le plus serein et le plus
satisfait : « C'est pour les pauvres; » et
ce mot la consolait de toutes ses peines.

Si les aumônes de cette vierge chrétienne ont droit de surprendre, et par
leur prodigieuse multiplicité et par leur
constance, elle eut l'art, aussi précieux
que peu commun, d'intéresser tous ses

concitoyens à sa cause. On peut dire qu'elle avait acquis, par ses manières, par son ton, par ses paroles, par toute sa conduite, les cœurs des riches comme ceux des indigents, et qu'elle les avait à sa disposition. Tout le monde partageait donc ces grandes dépenses et se faisait fête de seconder ses généreux désirs, parce qu'elle rendait mille bons offices à chaque condition, ne distinguant point le petit du grand, ni la famille aisée, dans son extrême et continuelle obligeance. Il est inouï qu'elle ait refusé à qui que ce soit le service demandé; à peine ouvrait-on la bouche, qu'elle promettait, ou la démarche, ou la médiation que l'on désirait d'elle, et toujours elle acquittait religieusement sa parole, quelque difficile qu'en fût l'exécution; elle a pu quelquefois ne pas réussir, mais au moins n'avait-on aucun reproche à lui faire.

L'humilité est la sauve-garde et l'ornement de la charité. Mademoiselle Poulain de Corbion, jalouse de se rapprocher toujours davantage des pauvres, ces bien-aimés du Très-Haut, voulait qu'on la désignât par son nom de baptême; elle mit à contribution, chacun selon son rang et sa fortune, ceux qui l'appelaient *Mademoiselle*; on ne se refusait point à cette sorte d'amende, imposée au profit des indigents.

On avait adopté dans sa paroisse l'usage d'habiller les enfants pauvres avant leur première communion, et elle était chargée de pourvoir à cette bonne œuvre. Toujours entourée de malheureux qui se succédaient en grand nombre chez elle, toujours occupée pour eux, ou appelée par eux, elle n'avait pas un instant de repos, et, quelle que fût son occupation, à la première invitation elle quittait tout. Prenait-elle, ce qui était bien rare encore, l'innocent plaisir de la promenade avec une amie, toutes les deux la faisaient en récitant leur prière. Partout où la gloire de Dieu et l'avantage du prochain l'appelaient, elle se dérobait aux regards du monde avec des soins extrêmes, et sa délicatesse sur cet article fut poussée si loin, qu'on ignore un très-grand nombre de bonnes œuvres. Néanmoins que de fois elle fut décelée par son incomparable charité ! De tous côtés l'on disait : C'est la bonne fille qui a encore fait cette œuvre ; c'est un ange que le Seigneur a envoyé sur la terre pour la consolation des pauvres et l'édification des riches.

Généreuse imitatrice du charitable

Tobie, comme le saint homme, elle fut, en récompense de ses bonnes œuvres, éprouvée par les cris les plus rudes qui pesèrent sur toute sa famille qu'elle aimait si tendrement. Mais ces assauts terribles, surtout pour une âme douce et affectueuse, elle les soutint avec une patience et une résignation héroïques. Les peines intérieures ne furent point encore épargnées. Elle eut des moments de tristesse, et ce sentiment prenait sa source dans ses craintes, dans son amour inquiet envers Dieu, et dans la délicatesse de sa vertu. Cette vertu était si pure, si désintéressée, si vraie ! Fai-

sait-on en sa présence l'éloge de quelques avantages temporels, il lui échap-
pait de dire :

— Oh ! c'est bien peu de chose.

La piété était le seul trésor estimable
à ses yeux ; toutes ses vues se portaient
vers le ciel, et ses conversations ne rou-
laient que sur les moyens d'y atteindre
par l'accomplissement des devoirs ;
jamais on ne l'entendit s'applaudir d'une
bonne œuvre, ni parler à sa louange ;
jamais on ne la vit se prévaloir ou de
son esprit ou des agréments naturels
dont le Seigneur l'avait richement pour-
vue. On ne doit pas oublier qu'elle

réunissait tous les avantages propres à lui concilier l'amour et l'estime d'un monde auquel elle avait si généreusement renoncé. Depuis long-temps elle s'était refusée aux visites de pure cérémonie. Aussitôt qu'on la voyait paraître quelque part que ce fût : Délions nos bourses, disait-on aussitôt, voici la mère des indigents ; il manque encore quelque chose à sa pauvre famille ; nous n'échapperons d'ici qu'aux dépens de notre argent. Il est bien rare qu'on la refusât, tant elle était pressante dans son aimable onction. Quelquefois cependant elle fut rebutée, parce que d'immensité des besoins de ses meilleurs amis la rendait nécessairement importune ; mais alors l'humiliation cédait en elle à sa profonde sensibilité, et l'apôtre de l'humanité, se voyant repoussé, fondait en larmes. Qui les croirait, si les amis de Dieu ne devait pas être calompiés pour ressembler en tout à leur divin Maître ? Mademoiselle Poulain de Corbion sut qu'on l'accusait d'employer à sa troilette le produit des quêtes qu'elle faisait pour les malheureux

N'était-ce pas un crime de charger d'un larcin celle qui, pour donner davantage, ne portait que les vêtements les plus simples ; qui distribuait tout ce quelle possédait ; qui souvent se retira à l'écart pour se dépouiller et revêtir les pauvres ; qui vers la fin de sa vie se vit réduite à emprunter le linge de ses sœurs, après avoir sacrifié le sien ; celle dont l'unique jouissance était d'assister son semblable ; que l'on trouvait sans cesse entourée de malheureux qui, se voyant traités comme ses enfants, la bénissait comme la mère la plus tendre ; celle enfin qui finit sa sainte et charitable carrière dans le plus grand dénûment ?

« Au nombre de ses épreuves, il faut compter les violences qu'elle se faisait, afin de contrarier et de dompter le penchant secret qu'elle avait pour le monde et ses plaisirs. Sa vie fut ainsi une lutte continuelle avec ses goûts, sa vivacité, l'indignation naturelle qu'elle était prète à sentir, mais qu'elle repoussait avec force, contre plusieurs personnes qui abusaient de sa bonne foi, malgré tous les soins qu'elle avait pris pour les connaître, et qui, par leur inconduite et leur ingratitude, lui attirait mille reproches de la part de quelques-uns de ceux qu'elle sollicitait les secours ; mais

'elle triomphait de toutes les contradic-
tions et de tous les obstacles.

Quelle calamité pour les nombreux infortunés qui couvrent notre globe, quand
un ami de l'humanité souffrante vient
à périr ? On pourrait dire de mademoiselle Poulain de Corbion ce qu'on a dit
avec tant de justice de saint Vincent de
Paul, qu'il n'aurait jamais dû mourir ;
mais le ciel veut récompenser ses élus.
La mère adoptive de tant de malheureux
s'était épuisée à leur service ; elle demandait et elle obtint de son divin Maître de
terminer sa vie par une maladie de lan-
gueur qui lui donnerait le temps de se

mieux disposer à sa dernière heure. Elle souffrit pendant plusieurs mois sans se plaindre, et continua avec la même ardeur ses exercices ordinaires. Cependant le dépérissement de ses forces était sensible, ses parents et ses amis la pressaient de prendre du repos. Son cœur et sa piété n'y consentirent jamais ; enfin, forcée de s'aliter, elle persévéra jusqu'à l'instant où la force du mal l'abattit entièrement. Ses méditations et ses autres exercices de piété furent aussi fréquents qu'ils l'avaient été dans sa santé. Des amies dignes d'elle, et d'ailleurs désolées de l'idée de la perdre assiégeaient son appartement ; toujours aimable, enjouée, caressante, elle souhaitait de ne pas prolonger des entretiens qui interrompaient ses ferventes prières, elle feignait de s'assoupir, enfin de rester seule. Elle ne trouvait point de distraction plus douce que celle d'envoyer une aumône à quelque infortuné. Presque mourante, elle se ressouvient qu'on allait juger un prisonnier : elle lui fit porter du pain et du vin au tribunal, et recommanda qu'on répétât la même offrande, si comme elle le prévoyait, il était condamné au poteau et à la flétrissure. Qu'on le plaignît ou qu'on voulût lui procurer une position plus commode :

— Laissez tomber le corps, disait-elle, pourvu que l'âme se soutienne.

Tantôt elle demandait quel temps s'était écoulé depuis qu'elle avait reçu les sacrements; tantôt si elle ne s'était point impatientée dans ses souffrances, tantôt encore si par quelque autre faute elle n'avait point perdu la grâce. Souvent le guide éclairé de cette âme si pure et si belle se voyait obligé de la rappeler à la confiance, tant elle était humble et craintive.

« Hélas ! disait-elle, c'est bien parce qu'on ne me connaît pas qu'on a l'imprudence de m'appeler une sainte ; sous

3..

sous ce malheureux prétexte on m'ou-
bliera peut-être pendant des siècles dans
les flammes du purgatoire, si encore j'ai
le bonheur de n'être plus sévèrement pu-
nie. »

Elle reçut plusieurs fois les secours de
l'Eglise avec les plus vifs sentiments de
piété ; tous les témoins furent profondé-
ment édifiés de la manière dont elle se
disposa à sa dernière heure ; elle régla
tout, jusqu'à ses funérailles. Mais qui ne
tremblera pas ici sur le compte person-
nel qu'il doit rendre au jour des révéla-
tions éternelles, lorsque la vertueuse servante du Seigneur ne cesse point d'être

poursuivie par la frayeur des jugements de Dieu : Elle les redoutait plus que n'aurait fait le plus insigne pécheur. La nuit qui précéda sa mort fut comme une torche de feu qui purifie les âmes vertueuses, toujours si chères à l'Epoux céleste, qui n'est alors un époux sévère que pour devenir à jamais rémunérateur magnifique des triomphes de ses élus : elle passa cette nuit dans des terreurs qu'on ne saurait exprimer. Dans le cours du matin, 15 novembre 1812, elle perdit connaissance, et, vers deux heures de l'après-midi, elle s'endormit dans les bras du Seigneur.

[illegible]

L'INNOCENCE RECONNUE ET LA CALOMNIE MIRACULEUSEMENT PUNIE.

Un des traits où paraissent le plus et
la noirceur de la calomnie, tout à la fois,
et la vengeance de Dieu, c'est celui qui

arriva à sainte Elisabeth, reine de Portugal. Elle était si charitable envers les pauvres qu'outre qu'elle avait ordonné à son aumônier de ne jamais refuser l'aumône à personne, elle faisait encore de continuelles charités de ses propres mains, ou par celles de ses domestiques. Comme elle se servait, d'ordinaire, pour cet effet, d'un de ses pages, en qui elle avait reconnu une grande piété, il arriva qu'un autre page, soit par envie contre lui, soit pour faire le zélé auprès du roi, l'accusa d'avoir une intelligence criminelle avec la reine. Quoique le roi n'ajoutât pas une entière foi à ce rapport, cependant, comme il était déjà indisposé contre la reine, et que son esprit était agité de soupçons.

Il résolut de se défaire secrètement du page. Voici le moyen qu'il choisit pour cela. En passant, le même jour, par un lieu où l'on faisait cuir de la chaux, il fit appeler les gens qui avaient soin d'entretenir le feu du fourneau, et leur dit que, le lendemain au matin, il leur enverrait un page leur demander s'ils avaient exécuté ses ordres, et qu'ils ne manquassent pas de le jeter aussitôt dans le feu. Après cela, le roi s'en retourna, et commanda au page de la reine d'aller, le lendemain de bonne heure, faire ce message. Il obéit; mais Dieu, qui a toujours soin des siens, permit que, comme il passait au-près d'une église, il entendit la cloche sonner une messe. Il entre, entend cette messe et deux autres qui se dirent tout de suite, l'une après l'autre. Cependant le roi, impatient de savoir s'il avait été obéi, voit, par hasard, l'autre page qui avait accusé la reine, et lui ordonne d'aller en diligence demander aux gens du fourneau s'ils avaient exécuté ce qu'il leur avait commandé. Mais à peine eurent-ils entendu ce qu'il était chargé de leur dire que, le prenant pour celui dont le roi leur avait parlé, ils se saisirent de lui et le jetèrent tout vivant dans le feu.

Cependant l'autre, qui avait achevé de satisfaire à sa dévotion, va faire son message, et ayant reçu pour réponse qu'ils avaient exécuté les ordres du roi, il retourna rendre cette réponse au roi même, qui, saisi d'étonnement et tout furieux de voir que la chose était arrivée tout autrement qu'il n'avait projeté, lui demanda où il s'était arrêté si longtemps.

Le page lui dit qu'en passant près d'une église il avait entendu la cloche de la messe ; que cela l'avait engagé à entrer ;

qu'il y était demeuré jusqu'à la fin de cette messe, et en avait encore entendu deux autres qui s'étaient dites consécutivement, ajoutant que son père, en lui donnant sa bénédiction avant de mourir, lui avait recommandé, sur toutes choses, d'entendre jusqu'à la fin toutes les messes qu'il verrait commencer. Alors le roi, rentrant en lui-même, comprit que tout cela ne pouvait être arrivé que par un juste jugement de Dieu ; et, connaissant par-là qu'il fallait que la reine fût innocente, il chassa entièrement de son esprit toutes les mauvaises impressions qu'il avait conçues injustement contre elle.

RÉFLEXIONS SUR L'AMOUR DES FRANÇAIS POUR LEUR PATRIE ET POUR LEURS ROIS.

I

Les colléges retentissent communément des belles actions des Grecs et des
Romains : pourquoi parle-t-on si peu de

celles des Français ? Cependant notre histoire présente les plus grands exemples d'humanité, de désintéressement, de courage et d'un empressement général à courir à la gloire. Combien il est important que les jeunes gens apprennent de bonne heure que leur patrie a été aussi une terre fertile en héros, qu'ils doivent s'efforcer de les imiter, et trembler de dégénérer ! C'est le bruit des exploits de Miltiade qui fit de Thémistocle un grand homme. Il ne suffit pas à des instituteurs de mettre sous les yeux de leurs élèves des modèles de poésie et d'éloquence, de former des hommes de lettres ; il faut en faire des citoyens, leur présenter des exemples de vertus patriotiques, les enflammer d'amour pour leur roi et pour leur patrie.

II

L'amour de la patrie, qu'un homme d'esprit a défini l'intérêt particulier, n'est autre que l'amour des lois sous lesquelles on vit, ou, ce qui est absolument le même, l'amour des hommes avec lesquels on est réuni. On se ferait illusion, si l'on prenait l'amour de la patrie pour les murs où l'on nous a élevés, pour les lieux qui ont été témoins des jeux de notre enfance ; passion toutefois bien réelle et bien vive, qui s'irrite par l'éloignement, et cause ce que l'on nomme communément la maladie du pays.

III

L'amour de la patrie n'est pas cette tendresse dont on ne saurait se défendre à l'égard de ceux qui nous ont donné le jour, ou à qui nous tenons par les liens, du sang ou de l'habitude ; sentiment quelquefois plein de force, mais toujours trop borné, et qui formant dans un état tout autant de patries qu'il y aurait de familles, sèmerait sans cesse la division, parce que sans cesse les intérêts de famille son divisés.

IV

L'amour de la patrie n'est pas non plus cet attachement exclusif pour ceux qui sont nés dans la même province que nous, qui ont respiré le même air, passion aveugle, qui n'entre que dans une âme étroite et infectée de préjugés ; contagion funeste, malheureusement trop répandue dans certains cantons de la France, et qui, plus à craindre dans cet esprit de corps si justement détesté, arme souvent les habitants d'une province voisine, fait d'un peuple de frères un peuple d'ennemis irréconciliables, et entretient dans le cœur de l'état les haines et les dissensions.

V

L'amour de là patrie n'étant que l'amour des lois par lesquelles nous sommes gouvernés, et le roi étant le représentant, le vicaire, l'homme de la loi, l'image sensible et vivante de la loi, c'est une conséquence naturelle qu'on ne pourrait aimer la loi sans aimer véritablement son prince; on ne saurait être attaché à son intérêt particulier sans l'être à sa personne.

VI

On nous peint tous les jours le gouvernement monarchique sous l'image du gouvernement paternel. C'est l'idée la meilleure et la plus juste qu'il soit possible d'en donner. Un père n'a point d'autre intérêt que celui de sa famille : les enfants ne peuvent donc aimer leurs intérêts sans aimer conséquemment leur père. Un roi étant ce chef de famille, si tous les citoyens aiment leurs intérets, ils sont, pour ainsi dire, dans la nécessité d'aimer le roi, parce que leurs intérêts ne sont pas séparés des siens ; autrement ce ne serait plus leur chef.

VII

J'appelle amour de son chef, ce zèle à exécuter ses ordres, et à verser son sang pour ses intérêts ; cette application à remplir les emplois qu'il confie, d'une manière juste et désintéressée, cette ardeur à seconder tous ses projets, à payer les impôts qu'il est obligé de mettre sur son peuple ; enfin à contribuer généreusement à la gloire et à l'intérêt de l'état.

DE LA PERTE DES BIENS

Il est ridicule de voir l'homme se dé-
espérer pour la perte de ses biens et se
tourmenter l'esprit lorsque la fortune re-

prend ce qui lui appartenait, sans réflé-
chir que ces richesses, que nous envisa-
geons comme si elles étaient à nous, ne
sont, dans le fond, qu'un dépôt, que le
destin, ou la fortune nous avait seulement
remis en main pour quelque temps, et
dont à tout moment, et malgré nous, elle
peut nous contraindre à lui faire restitu-
tion, lorsque le ciel lui permet de l'exi-
ger. On blâme tant ceux qui ne veulent
point payer leurs dettes, et on excuse
l'ingratitude des hommes qui ne veulent
pas rendre à la Providence un dépôt
qu'elle ne leur a confié que pour un temps.
Quelle lâcheté ! de ne vouloir jamais res-

tituer qu'à regret, et avec larmes et soupirs ce que le ciel a prêté avec tant de
bonté. En vérité j'ai compassion de ces
gens que je vois se tourmenter, s'inquié-
ter et se donner tant de peine pour enga-
ger l'aveugle fortune à entrer chez eux et
ày faire quelque séjour, mais je hais lorsque je lés vois porter l'insolence jusqu'à
vouloir en faire leur esclave et lui refuser
la porte lorsqu'elle veut sortir. O pauvres
insensés ! ne savez-vous pas que le Dieu
des richesses, quoiqu'il vienne lentement
avec des béquilles, fuit en volant quand
il part, et que le repos qu'il semble avoir
pris chez vous, n'était qu'un préparatif

à vous faire perdre le vôtre! Considérez que si la fortune vous quitte aujourd'hui, elle ne fait précisément que vous prévenir; puisqu'au bout du compte vous serez contraint, à l'article de la mort, de l'abandonner ; et qu'ainsi il importe peu qu'elle vous quitte aujourd'hui, si vous devez vous-même l'abandonner demain. Faites donc cet effort sur la faiblesse de votre esprit, de traiter tout ce qui est terrestre avec le mépris que mérite cette boue ; et si cela vous paraît difficile, sachez que la gloire est d'autant plus grande, que les obstacles qui se présentent sont difficiles à vaincre. Dailleurs il n'est point rare de trouver plus de facilité dans l'exécution qu'on ne se l'était imaginé ; le tout dépend d'une résolution courageuse ; elle vient à bout de tout. Si vous la prenez aujourd'hui, vous éprouverez demain qu'une révolution, qui pensait vous surprendre, vous trouvant tout préparé, ne pourra aucunement troubler votre repos.

DE L'HUMILITÉ.

Le fondement de la vraie vertu c'est
l'humilité, et il n'y a point d'éclat si re-
levé que la vanité n'obscurcisse : c'est la

couronne des vertus chrétiennes et le principal ornement du vrai chrétien. Jésus-Christ lui-même en faisait profession, et ses apôtres bornèrent toute leur ambition à imiter le modèle d'humilité qu'il leur avait donné. Les anciens philosophes trouvaient dans cette vertu la vraie grandeur d'âme, et le Sage est persuadé que rien ne convient mieux à son être que l'humilité ; puisqu'en s'examinant avec attention, il trouve que l'homme n'a pas en tout son être le moindre petit sujet duquel il puisse tirer vanité ; car encore qu'il y découvre quelques feuilles de belle apparence, et même en quantité, il ne saurait pourtant montrer le plus petit fruit. C'est de l'humilité que nous viennent plusieurs autres vertus ; et comme nous ne pourrons jamais l'acquérir sans une parfaite connaissance de notre misérable être, ainsi c'est la première vertu dont l'homme peut et doit s'orner après être sorti de l'ignorance crasse de soi-même ; et outre qu'elle délivre l'homme de mille inquiétudes et des agitations qui accompagne la vanité, elle lui procure une tranquillité d'esprit, qui est à l'épreuve de tous les accidents et de tous les dégoûts auxquels les hommes sont sujets. Enfin ce que le Sage appelle humilité, le monde

le nomme bassesse : et c'est cependant
de cette bassesse même que provient la
véritable gloire qui ne finira jamais.

DE LA MORT.

La mort ayant été introduite dans le
monde par le péché, il n'est pas surpre-
nant qu'elle ait quelque chose d'affreux,

5.

dont la seule idée fait trembler les hommes. Cet effet terrible est une preuve incontestable de la punition du crime.

C'est pourtant elle qui nous délivre de toutes les misères de la vie et nous ouvre la porte de l'éternité. Quand elle est bonne, c'est le comble de la félicité : mais quand elle est mauvaise, c'est le commencement des peines éternelles.

Après y avoir bien pensé, je trouve une marque de la bonté divine, même dans ce châtiment, par rapport à nous. C'est la fin des maux qui accompagnent cette misérable vie, laquelle si elle devait toujours durer, serait bien plus insupportable que la mort même. Quand je réfléchi à tous les dégoûts qui accompagnent l'âge, et qu'à soixante ans on commence déjà d'être à charge à soi-même aussi bien qu'aux autres ; que serait-ce, si on devait vivre éternellement accablé de toutes les misères que nos premiers parents ont attirés sur leur malheureuse postérité par leur désobéissance ? Certainement ce serait un supplice insupportable.

Du reste, quoique la mort ait été le premier châtiment du péché, c'est aussi par elle que le salut nous est venu ; car

le Sauveur, par la sienne, adoucit la nô-
tre.

Ainsi n'étant à présent qu'un tribu que
nous devons à la nature, payons-le sans
nous plaindre, et tâchons seulement d'être
sur nos gardes. Etudions-nous à avoir la
conscience pure et sans reproche, afin de
n'être pas surpris par la mort ; et alors
nous connaîtrons, par une heureuse ex-
périence, qu'elle n'est pas si amère qu'on
nous la dépeint ; puisque c'est par elle
que tant de martyrs ont reçu la couronne
de la gloire en échangeant une vie courte,
pleine d'adversités et de peines, contre
une éternité remplie de félicités incom-

préhensibles. Enfin, Dieu par sa miséricorde nous veuille à tous accorder la grâce de bien mourir.

DE LA COMÉDIE UNIVERSELLE.

Le monde est le théâtre ; les hommes
sont les comédiens ; les hasards composent la pièce ; la fortune distribue les
rôles, et les philosophes sont les specta-

teurs ; les riches occupent les loges, les puissants l'amphithéâtre, et le parterre est pour les malheureux : les femmes portent les rafraîchissements à l'entour, et les disgraciés de la fortune mouchent les chandelles ; les folies composent le concert, et le temps tire le rideau ; la pièce a pour titre : Le monde veut être trompé, donc qu'il le soit. L'ouverture de la comédie commence par des larmes et des soupirs : dans le premier acte se présentent les projets chimériques des hommes ; les insensés frappent des mains pour marquer leurs applaudissements, et les sages sifflent la pièce. En y entrant on

paie à la porte une monnaie qu'on nomme peine, et on reçoit en échange un
billet marqué inquiétude pour pouvoir
prendre place. La variété des objets qui
s'y présentent divertit pour un peu de
temps les spectateurs ; mais le dénoue-
ment des intrigues, bien ou mal concer-
tées, fait rire les philosophes. On y voit
paraître des géants qui tout d'un coup
deviennent pigmées, et des nains qui
grandissent imperceptiblement et arrivent
à une hauteur extraordinaire. On y voit
encore des hommes qui semblent prendre
toutes les mesures et les précautions
imaginables pour marquer le vrai chemin

qui mène au but qu'ils se proposent, pendant que d'un autre côté des étourdis, des sans soucis atteignent le port des félicités mondaines. Enfin, telle est la comédie de ce monde ; et celui qui veut s'en divertir à loisir, n'a qu'à se mettre dans quelque petit coin, d'où il puisse commodément voir tout sans être vu, afin de pouvoir, avec sûreté, s'en moquer comme elle le mérite.

DES JUREMENTS.

Chaque péché a quelque fausse apparence de satisfaction, excepté le jurement : car, outre qu'on offense Dieu par là, il y a encore de l'impolitesse à affirmer tout ce qu'on dit par des serments, caution peu sûre de la vérité de ce qu'on avance. Le Sage ne confirme guère ses paroles par des serments : car il aime mieux qu'on n'y ajoute pas foi, que de persuader les gens à force de jurer, ce qui sent l'impie et offense Dieu.

Jurer est l'ordinaire du hableur ; et je crois que c'est pour remplir le vide de son discours, qu'il le larde de faux-serments, et qu'aux dépens de son âme il veut faire honneur à ses paroles, qui ne font que fendre l'air : c'est une marque sûre du peu de soin qu'il a de son salut. J'ai observé qu'ordinairement les grands jureurs ont plusieurs vices ; ils sont pour la plupart malheureux dans le monde, et finissent leur vie misérablement. *Car l'homme qui jure beaucoup est rempli d'iniquités, et le bras de la vengeance divine est levé sur sa maison.*

Enfin c'est une très-vilaine coutume d'avoir le diable à tout moment à la bouche, et de ne pouvoir rien dire, sans prendre cet esprit de mensonge à témoin. Je me souviens à ce propos d'avoir entendu parler d'un homme qui avait le malheur d'être un grand jureur, lequel après en avoir été réprimandé de son confesseur, eut à la fin pour pénitence d'arracher un bouton de son juste-au-corps à chaque serment qu'il ferait, et de n'y en point remettre d'autres. Cette pénitence parut d'abord fort aisée à ce pécheur ; mais elle lui devint dans peu insupportable ; car au bout de vingt-quatre heures il n'avait plus d'habits à mettre : de sorte que la crainte de se voir obligé de faire tous les jours de nouveaux habits, lui fit bientôt perdre l'habitude de jurer. Au reste, l'impie, dans ses malheurs, s'abandonne ordinairement aux jurements et aux blasphèmes, au lieu que l'homme qui a de la foi, a son recours à Dieu.

DES COMÈTES.

Les gens ne craindraient pas tant les comètes, s'ils avaient la conscience bonne; mais celle-ci leur fait appréhender, même dans les accidents les plus indifférents, que le ciel, las de les supporter, ne veuille enfin leur faire porter la juste punition de leurs crimes.

Les comètes ne proviennent que d'une cause naturelle, et paraissent aussi bien aux nations qui triomphent dans une guerre, qu'à celles qui en son désolées. On n'a qu'à lire le père Zani, dans son *Economie merveilleuse du monde*. Il compte trois cent quarante-cinq comètes, depuis le déluge. et marque même tout ce qu'elles ont pronostiqué de bien aux uns et de mal aux autres. On voit bien des pays ruinés par la guerre et dépeuplés par la peste, sans avoir auparavant vu aucune comète. Je ne vois pas non plus pourquoi on veut qu'une comète doive servir d'avertissement aux hommes pour changer de manière de vivre : car nous avons la parole de Dieu qui nous avertit assez des suites malheureuses du péché, et qui est bien plus sûre et plus digne de notre attention que les comètes. Si Abraham répondit au mauvais riche, lorsqu'il le pria d'envoyer quelqu'un des morts pour avertir ses frères qu'ils changeassent de vie ; que ne croyant pas aux prophètes ni à la parole de Dieu, qu'ils avaient en main, ils ne se laisseraient pas non plus persuader, quand même quelqu'un des morts reviendraient au monde, il n'y a pas d'apparence qu'une comète, étant une chose naturelle, puisse faire de grands effets sur la conscience des impies. Je me souviens de la grande comète de l'année 1680. Elle fut vue en Turquie aussi bien qu'en Allemague ; et si, comme on le prétend, elle menaçait les Allemands du siége de Vienne, elle devait aussi présager aux Turcs la perte de Bude, et de tant d'autres places qui leur furent enlevées, et si le commencement de cette guerre fut favorable aux Mahométans, la fin en fut encore plus glorieuse aux Chrétiens. Enfin il me semble qu'il y a apparence que les femmes, qui naturellement craignent tout ce qui est extraordinaire, ont été les premières qui aient mis les comètes en réputation ; car comme dit Strabon, *les femmes ont inventé la superstition.*

CARACTÈRE DE NOTRE SIÈCLE.

On ne serait pas peu embarrassé à trouver des expressions propres à bien repré-
senter les mœurs de notre siècle, si on se
proposait de les peindre au naturel et de
les faire connaître telles qu'elles sont. Le

philosophe *Arimon* décrivit autrefois . a-
bondance de l'Egypte de son temps ; *Dé-
mophon*, la fertilité de l'Arabie-Heureuse ;
Thucidide, les richesses de la grande Tyr ;
Asclèpe, les ministères de l'Europe ; *Do-
drille* a fait l'éloge de la Grèce ; *Borré*,
celui de l'opulence et du bon air dont
jouissaient les contrées de la Scandie ;
Euménion, du bon gouvernement et de
la police d'Athènes ; *Appollonius*, de
l'abstinence et de la continence des aca-
démiciens ; *Favorinus* parle des vertus
de son maître *Aulu-gelle* ; *Plutarque*
étale l'esprit des dames de la Grèce et les
vertus des Romaines ; *Diodore* de *Sicile*,

celles des *Majorcains* et des *Minorcains*
habitants de ces îles qu'on appelait autrefois *les Iles Baléares*, qui jetèrent, si
on en croit cet auteur, tous leurs trésors
dans la mer, pour ôter par-là aux étrangers toute envie de leur faire la guerre.

Mais que pourrais-je écrire à l'avantage de notre siècle? Si je réfléchis sur la
sordide avarice de la plupart de mes con-
temporains, et sur l'indigence du reste,
je n'oserais l'appeler le siècle d'or. Je ne
saurais faire son éloge, en disant que la
vertu y est plus en estime que dans les
âges qui l'ont précédé, puisqu'on n'y voit
de tous côtés que mauvais exemples ; je ne

5..

pourrais pas non plus admirer l'esprit qui
en fait le brillant, puisqu'on ne l'emploie
qu'à la ruine des peuples, qu'à nourrir
l'ambition de l'orgueilleux, et qu'à remplir les coffres de l'avare ; j'ai encore
moins sujet de vanter sa prospérité,
puisque depuis cinquante-six ans que je
suis au monde, il ne s'est passé que de
très-petits intervalles, sans que l'on ait vu
de sanglantes guerres, d'horribles pestes,
d'affreuses famines en Europe, tantôt
dans une de ses parties, tantôt dans
une autre. Qu'aurais-je à dire des
sciences ? puisque la jeunesse ne s'attache
qu'à la bagatelle, et que le vice fait son

unique étude ! Je pourrais encore moins dire avec vérité que la sobriété, la chasteté et les autres vertus, sont du goût du siècle où nous vivons, puisque la débauche paraît aujourd'hui un attribut essentiel à celui qui veut se donner la réputation de savoir vivre. La vigilance et la sobriété ont entièrement disparu, pour faire place à l'oisiveté et à la débauche. Bien loin de jeter les trésors dans la mer comme les Majorcains, les hommes les vont chercher jusqu'au bout du monde, au péril même de leur vie.

Que dire donc de notre siècle ? Hélas ! il semble que la nature, lasse de s'occuper au maintien de ses productions et de ses ouvrages, commence à négliger le règlement et l'ordre des saisons ; que les éléments même, fatigués de vieillesse, commencent à perdre leur force et leur vigueur ; que les hommes s'éloignent de plus en plus, comme d'une chose antique, de tout ce qui pourrait rendre le genre humain heureux : puisque le vice triomphe de la vertu, la ruse de l'innocence, la malice de la bonté, l'impiété de la dévotion ; l'injustice brave les lois, l'avarice se moque de la charité, la fausseté fait son jouet de la franchise, l'envie méprise le mérite, l'incontinence raille la chasteté, l'orgueil foule aux pieds l'humilité, la débauche se rit de la tempérance, et l'oisiveté a le travail en horreur.

Voilà notre siècle tel qu'il est ; tous les vices, portés au suprême degré, semblent se réunir pour en former le caractère. C'est un monstre tout composé de vices, sans le plus petit mélange de vertus ; de sorte que la mesure des crimes ne pouvant être plus pleine qu'elle n'est, il y a toute apparence que le temps de sa fin approche. Heureux, par conséquent, celui qui est sur ses gardes, et qui ne se laisse point entraîner au torrent rapide et bourbeux des insensés de notre siècle.

SAINTE CECILE.

Sainte Cécile, romaine d'origine et issue d'une famille noble, fut élevée dans les principes de la religion chrétienne, dont elle remplit les devoirs avec la plus exacte fidélité. Ayant fait vœu, dans sa jeunesse, de rester vierge toute sa vie, elle se vit forcée par ses parents à entrer dans l'état du mariage. On lui donna pour époux un jeune seigneur, nommé Valérien, qu'elle sut gagner à Jésus-Christ, en le faisant renoncer à l'idolâtrie; elle convertit aussi Tiburce, son beau-frère, et un officier nommé Maxime. Tous trois furent arrêtés comme chrétiens et condamnés à mort. Sainte Cécile remporta la couronne du martyre quelques jours après. Les actes de cette sainte, qui ont peu d'autorité, placent sa mort vers l'an 230, sous Alexandre-Sévère. On sait que, quoique cet empereur fût favorable aux chrétiens, cela n'empêcha pas qu'il n'en périt un grand nombre sous son règne, soit dans les émeutes populaires, soit par la cruauté particulière des magistrats. D'autres mettent son martyre sous Marc-Aurèle, entre les années 176 et 180. L'église latine l'honore depuis le v⁰ siècle. Les musiciens ont choisi cette sainte pour patronne, parce que ses actes nous apprennent qu'en chantant les louanges du Seigneur, elle joignait souvent la musique instrumentale à la musique vocale. Il est certain qu'on peut faire servir la musique au culte divin : les psaumes et les cantiques répandus dans les livres saints, la pratique des Juifs, celle des chrétiens, ne permettent pas d'en douter. Saint Chrysostôme décrit les bons effets que produit la musique sacrée, et montre qu'une psalmodie dévote est très-efficace pour allumer dans l'âme le feu de l'amour divin. Saint Augustin dit qu'elle a la vertu d'exciter de pieuses affections et d'échauffer le cœur par la divine charité. Il rapporte qu'après sa conversion, il ne pouvait entendre chanter dans l'église sans verser des larmes ; mais il remarque en même temps le danger qu'il y a de se livrer trop au plaisir de l'harmonie, et il avoue, en gémissant, qu'il lui était arrivé d'être plus touché de la musique que de ce qui était chanté. Combien il gémirait davantage aujourd'hui que la musique simple et touchante de l'église est transformée, au grand scandale des fidèles, en une musique lascive et théatrale !

LIMOGES. — IMPRIMERIE DE BARBOU FRÈRES.